KB089449

느개

양숙영 시집

양숙영 시집

안개비보다는 조금 굵고 이슬비보다는 가는 비

는개

초판 발행 2018년 2월 6일

지은이 양숙영

펴낸이 안창현

펴낸곳 코드미디어

북 디자인 Micky Ahn 교정 교열 백이랑

등록 2001년 3월 7일 등록번호 제 25100-2001-5호

주소 서울시 은평구 갈현로 318-1 1층

전화 02-6326-1402 팩스 02-388-1302

전자우편 codmedia@codmedia.com

ISBN 979-11-86104-81-1 03810

정가 10,000원

양숙영 시집

안개비보다는 조금 굵고 이슬비보다는 가는 비

늘개

양숙영

조용한 시간에
잠시 지나온 날들 뒤 돌아봅니다.
지금 생각하니 모두가 아름다운 날들뿐입니다.

풀잎 하나, 나무 한 그루에도
싹이 나고 잎이 피고 예쁜 꽃을 피우고
제각각의 열매를 맺듯이
삶은 그렇게 아름다운 일입니다.
저 또한 그들과 다르지 않아
순간, 순간 스쳐 지나는 삶 속에
세상 바라보는 작은 편린들이
한편 한 편의 시가 되어 내 품에 머물다
이제 밖을 향해 나서려 합니다.
아름다운 열매였으면 좋겠습니다.

여기까지 이끌어 주신 교수님 그리고 문우들
고맙고 감사합니다.
어설프고 부끄러운 글 읽어 주실
독자 여러분께도 감사합니다.
또한 곁에서 지켜 준 남편 그리고 가족들
모두 모두 감사합니다.

양숙영

contents

01 — 면벽의 그림자

선잠 드는 날 — 02

contents

03 — 하얀 달빛, 고요한 숲

뒤척이는 날갯짓 — 04

contents

안개비보다는 조금 굵고 이슬비보다는 가는 비

는개

솔찬히 맘 쓸 때 이자 못 견디는 척
사랑하는 맘 찾아오소
좋아하는 맘 숨굴 데도 없으면서

ㅡ「마음 2」 부분

1

면벽의 그림자

달 항아리

숨소리조차 잦아들 듯

삼백예순날 면벽의 그림자

먹물 튀어 번진 마음 하얗게 지우고파

세월 묶어 허리춤에 걸고

돌아 돌아 동안거 해제하는 날

명경처럼 씻은 마음 득도하신 고승으로

티 없이 빚어진 인연

그 모습 따라 길 묻는다

● 면벽의 그림자 ＿＿＿＿＿＿＿＿＿＿＿＿＿＿

허물

쥐똥나무 가지 끝에

숨소리 죽여 가며 등줄기 가른 매미

겹겹이 두터운 허물

벗어 던지기 힘겨워 사경을 헤매는 날

꿈처럼 창공을 날아오른다

찌륵 찌르륵 맴 맴

한참 만에 터져 나온 첫 울림

여린 날개 삶의 전부를 실어

숨 가쁘게 열창한다

육신 떠난 솜털만도 못한 허물

간당간당 바람이 지나간다

이제야 모든 것들의 기대를 내리고

기억을 외면해야 하는 상처를 안고

미풍으로 남은 허물

말없이 흔들리고 있다

이 가을에 낙엽은

가을빛 몰아치는 발소리
낙엽의 굽은 등 떠밀고 있다
한눈팔 겨를도 없이
낯선 길 한쪽으로 내몰린 스산함
바람은 익숙하게 내달린다
떠나야 할 때를 알고는 있지만
간절히 바라던 동행도
첫차를 타야 하는 약속도
온몸 휘감아 버린 희뿌연 시야
혼자 머물던 가을볕 하루가
허망한 찰나
하자는 대로 할 수밖에

엄니

재 너머 자갈밭
허기진 손목에 어둠을 덮고
마른 옥수숫대 소리 품어 안은
내 엄니 광목 치마
황톳물 다 든다
엊그제 꽃봉오리 적 모란이
초경 빛으로 툭 벌그러지던 날
치마폭 속에서 숨바꼭질하던
소녀는 온데간데없고
땅거미 짙어 가는 밭고랑
내 엄니 쇠잔한 숨소리만 길게 누워
아스라이 멀어지는 황토 바람
호밋자루 덩그러니 스쳐 지난다

아버지의 불빛

날이 훤히 밝아 오자 문밖을 나서는
아버지, 자칭 머슴 중 상머슴이라 하셨다
아들딸 여럿 바람막이 치다꺼리에
머리 위를 따라오는 나비도 몰랐고
등짝에 붙어 앙앙 울어대는
매미 소리도 들리지 않았다
안갯속 같은 바다에서
불빛이라면 오로지 자식들,
들판 아지랑이 머물다 가고
빗방울 적시고 간 창가
머릿속은 텅 비어간다
아무것도 보이지 않는 허공에서
머슴으로 살았던 삶이 전부인 것을
멍한 동공에 포말을 이루는 빛
두 손 휘휘 저어 무언가 잡으려는
아버지의 간절한 안간힘

단 하나 자식의 손끝이었다

거울 마주 앉아

어데 갔다 지금 왔노
니 볼떼기는 축 쳐져가꼬
꼴사납게스리
낮도적 맹키로 눈매도 사나와 지고
반짝이던 총기聰氣 어데 갔노
눈알맹이는 희멀거이 해 가꼬
이제사 자세 보니 괴물인기라
흉측해서 멀찌가이 가 삐렸음 싶다
누구는 세월이 약이라 카던데
어찌 기게 아닌개비여
모다 나이 묵더니만 괴물 군상인기라
아마도 이 거울이 마법에 걸린기라예
허허 참, 요상허게 생겨 묵었데이

마음 1

오롯이 혼자이고 싶은 날
마음 오솔길 거닌다
바람결에 들리는
동박새 곤줄박이 짝 찾아 부르고
생강나무 마디마디 까르르 웃는 소리
내 가슴은 콩닥거리고
사부작사부작 발자국 소리
그대 오는 소리인가 뒤돌아보는
가녀린 기대가 작은 오솔길에 뿌려지면
혼자이면서 혼자가 아닌
그래서 행복하다
나 혼자서 행복하다

마음 2

보고 잡은 맘
정갈스레 담긴 정한수 맹키로
찰랑대고 있제
항시 보고 잡아 징허게 눈물 질금거리넌디
워메 잊어 뿌렸는갑다
영판 맥없이 돌아 댕김서
까막까막 했는가
쪼깐씩만 생각해 주믄
무장무장 사랑할낀데
뭐시 그리 못마땅찮은가
쓰잘떼기 없이 딴생각 마소
날마지 요로코롬 폭삭허니 삭아 뿔면
겁나게 보고 잡을낀데
솔찬히 맘 쓸 때 이자 못 견디는 척
사랑하는 맘 찾아오소
좋아하는 맘 숨굴 데도 없으면서

언제쯤 이녁이
사랑하는 맘 알랍디요

울보

먼 산 그림자 다가와 앉으면
산 너머 석양빛 서러움만 커
덩이진 울음 나뭇가지에 걸린 채
바람 소리 요란하다
이제는 그만 울고 싶다
시시때때로 지독한 사랑
마음 가득 건네기도 하다가
울컥울컥 토해내는 울음
울보 - 울보

나이테를 허리에 칭칭 감고
독기毒氣 다 빠진 채
거리로 헤매는 동안
공허한 마음 둥지를 채우고
흘러드는 마중물 목구멍을 넘기지 못하고
울보는 서럽게
서럽게 울고 있다

오수午睡

산벚나무 꽃비 한창인데
깜빡 오수午睡가 찾아들다
등짐 진 땀방울에
젊은 그대가 업혀 있다
힘든 줄 모르고
끝도 보이지 않는 머언 길을
비익조比翼鳥만큼
아름다운 나래 서로 보듬고
하늘 그림자
호수 위 꽃 그림 그리며
가고 있다

신발 하나

현관 앞 낡은 신발 하나
들며 날며 눈길 준다
허름한 몰골에 새 신 얻어 신고
뒤꿈치 물집쯤 힘겨루기 몇 날 버티고
고약스런 성미도 알아차렸는지
어느 날부턴가 한결 편해진 신발
백 리 진창길을 가도
험한 준령을 넘으면서도
투정 한번 없이 따라와 준 동행
추녀 밑 묵은 시래기 엮어 달듯
긴 세월 꽁꽁 엮어 옆구리에 꾹 눌러 끼고
발가락 꼼지락꼼지락
둥지 속에서 웃었다
지금 낡아 버린 매무새
먼지 뒤집어쓴 채 많이도 쌓인 옛이야기
정겹게 건네고 있다

탱자나무 울타리

노랗게 영그는 향기
울안 가득 종종걸음 하던
어머니 그림자
덩그러니 툇마루에 앉아
흩날리는 하얀 꽃잎
무념으로 찾아 나선다
품 안에 자식은
쪼그라든 어머니 가슴에서
있는 진액 다 받아 내고
끝내 다 하지 못한 말 한마디
하얗게 묻어나는 꽃물만큼
젖은 눈시울
바람조차 허허로운 밤
탱자나무 울타리 가지마다 가시 끝에
눈 시리게 달빛 맺힌다

개밥그릇

그는 동살이 열릴 때부터
빈 개밥그릇을 핥고 또 핥고 있었다
한 줌 주어지는 순간 게 눈 감추듯
허기는 늘상 말끔히 비워낸 빈 그릇
때로는 가장 처절한 몸짓으로
슬픈 눈빛에 꼬리를 흔들며
의리 있는 자부심과 충성심을 포장하여
최대의 아부를 하다가
이상도 이하도 아닌
사육자의 한계를 깊숙이 인지하면서
원망도 눈물도 아닌 체념으로

하늘은 자꾸만 손바닥만 한 빛으로 작아지고
개밥그릇은 여전히 비어 있다
늘 반짝이면서

산까치

해 지는 황혼 녘
산마루 넘나드는 산까치 혼자
어느 아픔 머물다 간 가슴팍에
그리움 하나 묻고
자작나무 끝 빛바래기 되어
콩닥이는 작은 이야기 숨 고르고 있다
요염스레 너스레 떨던 바람도
산 아래 어귀부터 발짝 소리 돋우고
차가운 입김 녹아든 잔별조차
멍울진 생각 흩뿌리며
가야 할 먼 길 가로막고 섰는데
어느 아픔인들 그리 쉽게 지워질까

상현달 그림자 뜨는
고운 매무새 사이로
산까치 혼자서 자작나무 위 맴돌고 있다

허공 虛空

한바탕 소나기 지나간 저녁
상수리 나뭇잎 촉촉한 물빛 사이
솔잎 끝 빗물 방울 위로
둥근 달빛이 뜨고 있다
빗물 방울이 되어 볼까
달빛으로 잠이 들어 볼까
진주알 같은 빗물이
또르르 또르르 굴러
참새 등에서 뛰어가는데
먹구름 소나기 간데없고
품 안에 품지 못할 물빛만
왔다 스러지고
달빛조차 솔잎 가지에 걸려서
그림 같은 그림자
아무것도 잡을 수 없는데

누렁소 보내고

염병이라도 돈다냐 구제역이 뭐이간디
할머니는 털썩 땅바닥에 주저앉았다

살붙이만큼이나 가슴 저미던 날
누렁소 큰 눈망울에 눈물 그렁그렁 고여
차마 마주 바라보지 못한 눈에도 눈물 그득하고
몇 날 몇 밤을 눈뜨고 지새우며 뒤척이던 내내
그 모습 눈앞을 꽉 덮고 있다

절망에 얼굴 묻고 한없이 내뱉던 한숨 소리가
돌담 넘어 신작로에 세월로 깔리고
헤어날 수 없던 하늘이
먹물 뿌린 맹키로 시커멓게 시커멓게
앞이 보이지 않는다

그림자

오래도록 빛바랜 세월
힘들게 다 보내고
이제 마주 보고 누워
이불 한 자락 끌어다 발치 발치 누르며
체온을 느낀다

임자 이제 먼저 떠나시오
내 뒷배 봐 주고 따라갈꼬마

검은 머리 참빗질하여
쪽 지어 비녀 꽂던 모습
두둥실
허공에 떠오른다

밤이 시리고 바람이 춥다
장대 끝에 걸쳐진 빨랫줄에 빨래 걷히고
휭하니 흰 깃발 같은 넋이
하늘에 뜬다

안개비보다는 조금 굵고 이슬비보다는 가는 비

는개

눈물 흘러 온몸 젖어 들고
견디려 견디려고 입술 짓깨물며
눈 시린 달빛 혼자 기다렸지요

-「눈물」부분

2

선잠 드는 날

설해목

뚝 뚝
나무가 운다
우두둑 딱
꺾어져 내린다

주먹만 한 눈덩이가
무리 져 내리는 날
하늘 한번 쳐다보고

겁에 질린 산 까치
제집을 돌며 울어대도
쌓이기만 하는 눈덩이

억겁으로 쌓인 업이
무게가 되어
지나가는 길목에
설해목으로 남아서
더욱 서럽다

잃어진 날

총총한
그 빛난 동자로
달님을 잃었기
내 그리운 이 그림자를 잃었습니다.

어쩜
당신의 눈동자엔
그렇게 아름다웠어야 할
웃음도 없고
백색 짙은 향기마저 잃었습니까

당신의 살뜰한 정
이대도록
마음에 전율을 느껴가며
당신을 사모한 까닭에

울음이 터집니다.
약속에 패물

망초꽃

지하철역 구내
차가운 콘크리트 바닥에
종이 상자 두어 장
깔고 덮고 누워 눈을 감는다

살아야 할까 말아야 할까
밤새도록 흘린 눈물
흥건하게 얼룩만 남고

새벽차 타려는 발자국 소리
또 날이 밝아 오지만
그제야 잠이 든 가여운 몸뚱이
시골 고향
망초꽃 하얗게 핀 묵정밭 머리를
서성이고 있다

한 뼘 바람

새잎 싹트기 전
봄꽃 먼저 오는 날
달랑달랑 맴도는 산수유 빨간 열매
바람 따라나서기 망설이다
멍들어 말라 떨어질 때까지
내려놓지 못하는 인연
바라만 보고 있어도 좋은 적 있어
사랑한단 말 하염직도 한데
끝내 외면해 버리고
그냥 지나치려니 한 번 더
기다려지는 맘
그리움 묻어 있는 외로움 파고들어
그대 그림자 밟고 가는
먹먹한 여운
한 뼘 바람

손톱

어제는 예쁘게 단장한 한 몸이다가
애지중지하던 사랑
옷 벗어 던지듯
툭툭 털어내는 이별식
콩닥거리는 소리 우레 같아서
종이 위에 심장 오려 붙였다
안쓰런 맘 그득해도
아무렇지도 않은 양
천연덕스레 손 흔들고
세상 이치이려니 이제는 잊어야겠지
다만, 한 몸일 때만 사랑했노라 한마디
그간 헌신에 고맙다는 한마디

잔상殘像

잔잔히 흘러가는 강물
아는지 모르는 척하는지
쩍쩍 갈라지고 솟구쳐
아픔 내보이던 유빙 위로
골진 바람 매섭게 지날 때
강바닥 돌 틈 부딪고 부서지는
고달픈 질곡의 날들
낙조가 누운 말 없는 물 위엔
강물에 띄워 보낸
어머니 잔영만 은빛인데
서럽게 서럽게 생각나는 어머니
등 뒤로 스며드는 강바람
무심히 봄을 담아 나르고 있다

무명꽃

밤새 윙윙대는 물레 소리
어머닌 실 끝 찾느라 지샌 밤
무명 한 필 풀 먹이고 고운 색 입혔다
오뉴월 뜨거운 볕에
활짝 핀 빨간 꽃물
넓은 어머니 뜰 가운데서
꽃망울 피고 열매 달리고

잠든 귓가에 들리는
어머니 물레 소리는
지금도 쑤욱 꽃대 올리고
꽃잎 피고 씨앗 여물고
이제서야 내가 아름다운 꽃이었음을
내가 어머니의 여물디 여문
열매였음을

는개

밤꽃 피는 오월
외진 길 오두막집 뜰 안에
오밤중이면 반짝이는 별들이
우르르 쏟아져 온통 별밭

별 하나 손잡고 잠들자 하면
내게로 오는 그리움 하나
마음속 회오리치는 사념
함초롬히 젖어 드는 는개

연잎에 영롱한 이슬 구르자
슬그머니 사라져 버리는
는개 속 아련한 별빛

머뭇거리다 보내고 마는
허공,

연

추수 끝낸 논배미 한복판에서
내 마음 다 걸어 줄줄이 연줄 풀어 올린다
얼레 잡고 풀었다 감았다 낚아채고
뱅글뱅글 맴돌면
다시 줄 당겨 감고 풀어내고
주저앉으려는 연 하늘 높이 올리면
참 나를 찾아 오르는 길
너무 멀어 영영 만날 수 없을지도 모를
떠도는 한 조각 구름일는지
아님 한여름 느닷없이 쏟아져 내릴 소낙비처럼
흠뻑 적셔줄 감동일는지
점 하나로 까맣게 오르면서
끝없이 연줄 타고 연이 오르고 있다

눈물

고적한 밤
달빛이 유난히 밝으면
가슴에선 반짝이는 은빛 파도가 일렁거리며
눈에선 이슬이 솟아요
이럴 때 누구라도 곁에 와 준다면
아마 모르긴 해도 꼬옥 포옹해 줄 거예요
반가움에 눈물이니까요
그런데 그런 기적이 없어요
늘 눈물 달고 웃는 솔잎처럼
물방울이 끝에 달려
작은 바람에도 두려워하지요
그대 보내고 난 후
눈물 흘러 온몸 젖어 들고
견디려 견디려고 입술 짓깨물며
눈 시린 달빛 혼자 기다렸지요
지금도 그래요 눈물 맺히며

겨우살이

어느 상념이 떠돌다 머문
굴참나무 꼭대기
어디서 와서 어디로 가는지 몰라도
가느다란 껍질에 손톱만 한 뿌리 하나 내리고
혼자가 아니어서
몸 비비며 곁에 있어 좋다고
그리 다정한 것도 아니지만
몇 마디쯤 말 나누고
비가 올 때도
별빛 쏟아져 내릴 때도
보일락 말락
몽환夢幻 속으로 빠져드는 응시凝視
한 줄 바람 휘돌아 맘속까지 후려쳐도
별빛 품겠다고
굴참나무 가지 끝에서
같은 꿈
꾸고 있는 겨우살이

숨

한 줌 모래
움켜쥐고 달리기 시작했다
숨이 턱에 차도록 헐떡이며
앞뒤 돌아볼 틈도 없이 얼마를 달렸는지
한참을 뛰다가 바라본 손아귀엔
남은 모래알 조금뿐
더는 잃어버리지 않으려고
더욱 힘을 주어 움켜쥐고 뛰었다
쥐가 나고 있다 손가락 사이에서
이제 그만 털어 버리자
단잠을 먹어 치운 고뇌
허공을 돌아 쪽잠 속에서
새털같이 가벼워진 몸
홀가분한 숨
순간 스멀스멀 스며들기 시작했다
한줄기 환한 빛으로

마음 하나

잠시 멈춰 서서 손 흔들고
금방 또 만나리라 약속이나 하듯
미소로 뒤돌아서 간다
순간 손 흔들지 말걸
웃지나 말지

그대로 손잡고 같이 가자 할 것을
후회하고 또 후회하고
곁에 없다는 빈자리가
하루가 한 달 같아서
보일 듯 말 듯 눈앞에 모습

허상으로 돌아와
품에 포옥 안기는 그런 날
자꾸만 눈물 훔친다

가을이 아프다

추적추적
가을 문턱을 적시는 소리
인정도 없이 몹시 차갑다
가로등 불빛을 대낮으로 여기던
요란한 매미들 사랑 노래 잦아들고
소슬한 바람
진액 다 빠져 가는 나뭇잎 흔들어 대는
해 질 녘
가녀린 식솔 거느리고
무심한 하늘 바라보며 한숨짓는
곤줄박이
등줄기에 눈물이 묻어
더욱 가을이 아프다

빨래

땀에 젖어 후줄근한 하루
만보기에 더해진 숫자만큼
흙먼지 뒤집어쓴 무게
세탁기 속에서
무거운 날 어깨들이 함께 엉겨 붙어
한참을 돌고 돌아
헹구어 내고 쏟아낸
말끔한 땟국
이마에 무시로 쌓인 땀 훌훌 벗어던진
순백의 나신裸身
바지랑대 끝에서 외줄 타며
펄럭이는 심장 소리가
투명한 거울만큼 상큼하다

나뭇잎 하나

연둣빛 봄
나뭇가지 마디마디
지난해 잎 떨군 자리
뾰쪽뾰쪽 새순 밀어 올린다
저토록 아름다운 환희 가득한
환생의 순간을 맞이하는데
지금껏 차마 둥지 떠나지 못한
앙상한 나뭇잎 하나
빛바랜 인연 잡고
가야 할 때를 놓친 슬픈 집착
잔잔한 바람에
간당간당 숨 고르기 하고 있다

따개비

철썩철썩
갯바위 후려치는 파도 소리
날개 달고 싶은 따개비
바위 품에 찰싹 안겨
포말을 뒤집어쓴 채
선잠 드는 날
주체할 수 없는 욕망 잡고
굴속 같은 벽 틈에 갇혀
햇빛 한 줌 견뎌 내기를
갯바위 굽은 등 위로
바램 하나둘 지나갈 때마다
뜨거운 사랑이 가시였음을
뒤늦게야 알았음인가

철썩철썩 세상 파도 소리
환청으로 잠이 든다

안개비보다는 조금 굵고 이슬비보다는 가늘게

늘개

내가 드리운 그물에
내 마음만 걸린다

─「붙이」 부분

하얀 달빛, 고요한 숲

주신 酒神

가슴속으로 밀쳐 내고
마음으로는 꼭꼭 묻어 놓은 술병
누에 입에서 실을 뽑아내듯
술이 술술 시가 되어 나온다는 주신
그리운 생각들조차 모두 술 속에 담아
술의 예찬이 밤낮으로 이어지고
바람 가는 곳마다 술 향기 풍기더니
고달픈 시상詩想도 무심히 가 버렸음에
주신이란 명패 세상에 뿌리며
친구 여럿 더불어
시비詩碑 하나 우두커니
지나는 길손을 맞이한다

뻐꾸기

이 산 저 산 날아다니며
뻐꾹 뻐꾹
이 나무 저 나무
가장 높은 나뭇가지 위에 옮겨 앉아
뻐꾹 뻐꾹

온몸으로 날개깃 세워
사무친 어미 그리움
뻐꾹 뻐꾹 뻐꾹

남의 둥지에서 태어난
애절한 슬픔
다
주워 담는다

달

우물에서 달이 솟는다
깊이를 알 수 없는 우물 밑바닥에서
샘물처럼 솟아나는 달
두레박으로 조심스레 길어 올려
숨이 차게 마셨다
커다란 달 목구멍을 넘으며
뼈저리게 차오르던 외로움

가슴 속 깊은 곳에서 자지러지게 울음 울던 달
흐르는 개울물에 천연덕스레 들어앉아
끝내 깨어지지 않고
고스란히 그림자 짓는가

우물 속에서
흐르는 개울물에서
어쩌자고
내 가슴 뜨겁게 울게 하는가

어찌하려고

쓰르람 쓸쓸 쓰르르
남들 다 울고 간 해 질 녘
창 앞에 혼자 울고 있는 매미
피 쏟는 울음 울며 가슴 쏴한 외로움
다 어찌하려고

산자락 억새꽃도 풀풀 날리고
돌 틈새 귀뚜라미 넋 놓고 가을 불러 대는데
어쩌면 좋으냐
때늦은 이제, 울고 울어도
아무도 대답 없는데

가슴속 마른 삭정이
부서지는 소리 들린다

두 눈을 꼭 감은 채로

늘 눈물을 달고
맑은 물에 헹구어 낸
모시 적삼을
손끝으로 다림질하는 여인

앞은 보이지 않아도
손톱 끝에 봉숭아 물들이고
밥상 차리는 여인

미풍에도 물결치는
청보리 밭길을
걸어가고 있다

불이不二

작은 배를 타고 앉아
그물을 내린다

무심한 물 위에 떠서
물고기의 생사를 넘나들자니
누구의 생사던가
너와 내가 하나가 아니더냐

내가 드리운 그물에
내 마음만 걸린다

여인곡

이 밤 지새도록
소리 없이 멀어져 간 젊음이
당신께 바친
두려움 없는 해오라기 빛

이별 없이 보내려던
장밋빛 미소마저
밤하늘 잠재우신 넋을 찾기에

기둥도 없이 세워진
기인
그리고 보다 더 짧은
내 사연을
매력도 없이 보내기엔
안타까운 밤

독백과 사랑과
허무 속에서 몸부림치고
그리고도 시원치 않아

입술을 짓깨물어 뜯어
검은 피 뱉으며
찬 이슬 기다림이 슬퍼
괴로운 심사여

이것은 모두 당신의 것

지하철에서

밤 늦은 시각
헐레벌떡 올라탄 마지막 지하철
눈을 뜨고 있는 것이 이상하게 보일 만큼
모두들 눈을 감고 있다

몇 번 두리번거리다가
눈을 감는다
앞에 앉아 있는 사람
옆에 앉아 있는 사람
모두들

묵언 참선
선방에 들어 있다

이쯤은 되어야 사랑이지

겨울 삭풍 꼬리가 남아
아직 양지쪽 목련도
두터운 옷 벗지 못했는데
콘크리트길 갈라진 틈새
봄이다
반가운 환호성
노란빛

막무가내 밀려드는 햇살
밀쳐낼 도리 없어 그냥
꼬옥 가슴에 품어 버렸나 봐
목덜미 스치는 따사로운 입김에
홀딱 빠져 버려
그만 꽃대궁을 올리고 말았나 봐

척박한 틈새에서
온 힘을 다했을 사랑
이쯤은 되어야 사랑이지

물처럼

천길만길 골이 진 주름
먼 길인 듯싶던 날이
어느새 뒤따라 온 것을 무심해서 몰랐다
물속에서 물을 씻고
흙 속에서 흙을 털어 내는
어리석음만 가득 안고
숲진 길 돌고 돌아 무심천에 앉아 있다
아서라 이제라도 소쩍새 우는 밤
졸졸거리는 샘물 따라
물이 물 담아내듯 시어^{詩語}를 담아
그렇게 가고 싶어 하거라

내 안에 나

그대를 사랑하는 일은
나를 사랑하는 일보다
더 지극한 까닭에
먼 동트면
눈 비비면서
코끝으로
귀 끝으로
두 팔 벌려 그대의 체온을 느낍니다.

내가 그대를 사랑하는 일은
나를 미워할 수 없는 까닭에
깃털만큼도
당신을 미워할 수 없어
항상 그대를 감싸 안고
사랑할 수밖에 없습니다

외줄 타기

외줄에 달려 눈이 부시고
탯줄이 끊어져 눈물 쏟아진다
잘려 나간 탯줄에 밀려 외줄에 두 발 세우고
덩더꿍 덩더꿍 장단에
두 팔 벌려 비지땀 흘린다
보고 배운 것이 천륜으로 이어져
출렁출렁 널뛰기하며
내달린 먼 산 바래기
천륜이 멀어져 갈 즈음
늘 가슴 아파 얼굴 떨구던 외줄 타기
땅 밑에서 당겨진 줄이거니
한평생 이어질
외줄 타기

쉬엄쉬엄 가시게

고개 넘는 바람이 휙 스쳐 지나치더라도
자네는 좀 쉬었다 가시게
개울 물소리 들어가며 두발 담그고
새소리 들어가며 쉬엄쉬엄 가시게
어제도 바쁘다 하고 오늘도 급하다 하고
내일도 힘들게 가야 할 것을
잠시 쉬었다 가시게
자네 손 잡고 동무 삼아 개울둑에 앉아
도란도란 정담 나누며
쉬엄쉬엄 가시게

바람은

산을 넘다 개울도 건너고
나뭇가지에 앉아 놀다가 졸기도 하지
들꽃 풀꽃 무리들과 웃음소리 들리게 숨바꼭질하다가
등걸만 남은 소나무 뿌리 곁에 주춤거리며 앉아 쉬기도 하지
달이 뜨면 그 하얀 달빛이 눈에 가득 들어와 외로움에 혼자
눈물을 달고
고요한 숲을 가만가만 걸어 보기도 하지
어쩌다 감정을 가누지 못해
미친 듯이 나뭇가지를 마구 흔들어 대기도 하고
빗소리 요란한 날이면 산을 뭉개기도 하지
숨죽여 혼자 우는 날은 바람이 아예 없다 하고
요란스레 소리 내어 휘돌아다닐 때
이럴 때만 사람들은
이 세상에 바람이 살고 있다고 말을 하지

종이비행기

쇠말뚝에 꽝꽝 박힌 삽살개의 목줄만큼
꼭 그만큼의 지분으로
날아가는 종이비행기

목줄만큼 맴돌다
컹컹 늑대 울음소리 내듯
어둠을 토해 내고
애타게 안타까워하던 어머니의 혼신이
앉아 있는 허공 한구석
목줄 늘이고 웅크리고 눕는다

휭허니 쓰레기 더미에
부메랑으로 누운 달빛을 덮고
허공 한 자락 끌어다 앞에 놓고 바라본들
온통 구멍뿐
머릿속으로 들어앉아 버린 허공 자락
제 먼저 허공으로 날고
멀리 날지 못한 종이비행기가
목줄만큼 맴을 돈다

목숨

유리 벽을 사이에 둔
동그란 두 눈이
멀리 심해를 갈망하는
눈물로 가득하다

유유히 헤엄쳐 다니던 날도
폭풍 몰아치는 파도에
정신없이 떠밀린 때도
모두 지난 그리움에 묻히고
잘못도 없는 사형수가 되어
유리 수조 밑바닥에
납작 엎드려 꼼짝달싹 않고 있다

횟집 칼잡이는 번뜩이는 칼을 들어
목숨을 끊어내고
줄지어 시신의 살점을 도려내어
큰 접시 위에 가지런히 내어놓으며
낯선 이들은 모여들어 왁자지껄 웃어 젖히고
횟집 주인 입가의 미소는

연방 주머니 속을 들락거린다

누가 누구에게
단 하나 목숨을 내어 준 것인지

갯벌 위에서

밀물 썰물 지나간 갯벌에
수많은 구멍들 거품을 물고
숨을 토하고 있다
물빛에 파랗게 질려 어렵사리 명줄이었다고
구멍을 나온 방게 눈독을 곤두세우고
뛰어 달린다

숨 고를 틈도 없이 무섭게 달려드는
괭이갈매기 눈빛
생존에 틈이 구멍을 향하여 내리꽂히고
허허로운 수평선이 무색할 만치
아무 일 없었다는 듯 갯바람만 오갈 뿐

태초에 열려 있던 구멍 모두
생육의 늪에서 타인의 것으로 점령당하고
바닷물에 씻긴 넓은 갯벌 위
구멍을 향한 눈빛만
너 나 할 것 없이 욕심 가득하여
방게 한 마리 몸 둘 곳이 없다

안개비보다는 조금 굵고 이슬비보다는 가는 비

느
개

어린 기다림이 뭉개지는
슬픈 저녁

허기진 기다림

-「새 신발 안겨주고」 부분

4

뒤척이는 날갯짓

석양을 걸어가는

등 굽은 할아버지 혼자서
지팡이 하나 의지하고
석양을 걷는다
땅만을 바라보며 걸어가는 등줄기에
기억도 없는 아련한 세월이
업혀 가고 있다
시선마저 희미한 눈빛에는
줄줄이 쏟아 내는 이야기 가득한데
입술만 들썩일 뿐
가까이 가까이 입김만 내뿜는다
언제쯤이 될까
쉬어 갈 수 있는 날이
석양을 걸어가는 노인의 그림자
길 위에 길게 길게 눕는다

수술실 앞에서

붉은 피 동이 동이 쏟아 내고
단장을 끊는다 했던가
이승 떠나 저승 간다 하여도 기꺼이 보내 주리라
수술실로 들여보냈지만
살아서 돌아올 수만 있다면
두 눈을 뜰 수만 있다면
아침에 죽은 목숨
저녁에 살아오기를 빌었다

눈물도 마르고
침도 마르고
말도 말라
어서 시간만 지나가거라
시간만 가거라
그렇게 그렇게 빌고 있었다

잇음

어쩌면
그리도 보고 싶다던 마음이
그리도 하고 싶다던 말들이
멀리 아주 멀리
잊혀져 버렸을까

욕심 같은 바람으로
그대의 고운 꿈을 꾸면서
이렇게 많은 날들을 헤어 왔는데

솔잎 사이로 흩날리는
노란 송홧가루처럼
크게 바라던 기대와 갈망이
바람이 일고 이랑이 지면서 스쳐 가 버리고

잊음을 먹고
잊음을 먹고
때 없이 찾아드는
미울 수밖에 없는 사념들

정말 믿기지 않게

영영 가 버린

백조 한 마리

돼지감자

하얀 눈밭에
산토끼 몰이 나가면 좋은 날
어머니는 내리는 눈을 손으로 받아
알곡이면 좋겠다 하셨다

싸리 문짝 들어서는 아버지
내리는 눈을 손으로 받아
돈이나 펑펑 쏟아지면 좋겠다 하시고

허기진 배 등짝에 붙어
눈만 꺼벅이던 저녁
방에 군불이라도 넣는다며 나무 그루터기로
아궁이에 불을 지폈다

아랫목 온기가 퍼질 때쯤
마당 끝에 해바라기 꽃처럼 곱게 피던
울타리 밑 돼지감자 생각이 났다

무명실로 덕지덕지 꿰맨 바가지 가득

돼지감자 캐어 들고

행복이었다

너를 그리워한다

어제 요란스레 꾸었던 꿈을
다시 꾸고 싶어도
청해 보는 잠만 설치고
여직 그리움 남아서인지
아쉬운 마음 남아서인지
너를 기다리고 있다

문득문득
구름 사이 잠깐 보이는 초승달처럼
무수히 쏟아져 내리는 별빛처럼
때로는 솔밭 사이를 지나는 바람처럼
그렇게 그리워진다

옷자락 스치는 그림자이듯
언뜻언뜻 눈 비비며
하얀 문창호지 비치는 달빛
회한으로 마음만 시리다

끈

어린 손자와 등 굽은 할머니는
허리춤에 노란 비닐 끈을 묶고
서로 당겼다 늦추었다 버티며
걸어가고 있다

할머니는 손자가 앞서가는 길을 따라가며
말 한마디씩 건네고
손자는 뒤따라오는 할머니를
한 발짝마다 뒤돌아보며 웃는다

지구를 몇 바퀴째 도는
아름다운 끈

봄날

겨우내 쿨럭이던 노모의 기침 소리도
문밖으로 떠밀린 봄날
양지쪽 툇마루에 걸터앉은 노모는
당신의 어머니 화전 밭에 호미 들고 김매러 나가
수건 털며 들어서던 모습 눈에 묻고
예나 지금이나
해 바라기로 앉아서
기다림을 치마폭에 싸안고 있다

세월 짊어진 등짐이 무거워
골이 깊어진 눈빛은 아무 말 없어도
빛바랜 기억들을 하나씩 지워가며
하나 남은 기다림만 응시하고 있다

멀리 나간 자식
어머니 부르며 품 안으로 달려올 것만 같은
잔잔한 미소가 그리운 봄날
핏기 없는 앙상한 손마디에 헐렁한 은가락지
스르르 미끄러져 떨어진다

떨어져 내린다

살랑거리던 웃음이
이제 하나씩 떨어져 내린다
겨우 견딜 만큼의 비애를 걸고
사지가 떨어져 내린다

기억을 상실한
어느 촌로村老의 발걸음

모두 체념해 버린다
잊은 듯하고
자는 듯하고
버린 듯하고

그렇게 모두 다 떨어져 구르는
낙엽

잃어버린 기억 저편

늘 주척거리는 걸음걸이가
보는 이 없는 틈을 귀신같이 알아차리고
쏜살같이 아파트 층계를 빠져나간다
모든 기억들이 지워진 지 오랜 그녀가
밖으로 뛰쳐나가는 일에는 열심이어서
길거리를 빠른 걸음으로 배회하기 시작한다
누구라도 마주치면 어색한 미소로
배시시 웃는다
마주 바라보고 선 낯선 모습
알 듯도 싶은 얼굴에
앞니 두 개가 보일 듯 기억을 더듬는다

빈 자루만큼 헐렁한 그녀는
잃어버린 기억 저편
세상 밖으로 나와
웃는 미소로만 활보한다

새 신발 안겨 주고

담 밑에 웅크리고 앉아
눈물도 마른 채
겁에 질려 있는 눈빛
새 운동화 하나 앙가슴 품에 꼭 끌어안고
기다림에 지쳐 있는 어린아이

기다리라는 한마디만을 고집스레 믿고
꼭 돌아오리라는
엄마 그림자

눈물 흠뻑 젖은 가슴 한켠
꼭꼭 묻어 두어야 할
새 신발 안겨 준 엄마 마음

어린 기다림이 뭉개지는
슬픈 저녁
허기진 기다림

미망 未忘

서서히 밤이 기울면
곧게 선 솟대 위로 달이 오르고
쉽게 잠들지 못한 숲이
두런두런 밀어를 주고받을 즈음
병들고 쇠약한 늙은 승냥이는
산기슭을 어슬렁이며
워워 달을 맞는다

모든 것들을 털어 버리고
절망보다 더 크게 웃으려 했지만
지난 세월은 하나같이 눈물 되어
돌부리에 채이고
밤길 걸음이
감추어진 욕망 뒤에 숨어
한동안 거미줄 치듯 서성인다

지우고 싶었던 달은 여전히 차오르고
둥근달을 향해 토해 내던
승냥이의 마른 눈물은
어느 것 하나 얻을 수도 없고
아무것도 버릴 수가 없다

낮달

산머리에 걸린
하얗게 빛바랜 낮달
잊음을 꿀꺽꿀꺽 삼킨 채
눈시울이 젖어 오는데
가슴에 아직 뜨거움이 남아 있어
누군가 사랑하고 있다

한없이 창밖을 지키던
그날의 시선
지나간 사랑도
잊었던 사람도
망각에 둥지를 틀어
가시 박히듯
가슴 아픈 애절한 그림자

보일 듯 말듯
아무도 바라봐 주지 않는
희미한 낮달
사랑 고픈 사연을 안고
긴 긴 하루를 접는다

산소리

북한산 오르다
스치는 바람 몸짓에
귀뚜라미 되어 산소리 듣는다
잠자는 일도 잊은 채
산 위를 서성이는 천년 바람
사람 소리 듣자 하고
싫은 것 좋은 것 마다 않는
골짜기 흐르는 샘
시간 엮느라 졸졸거린다
진한 향 뿜어내는 나무들 틈
청아한 새소리 놀고 있고
가슴으로 품어 눕는 노쇠한 낙엽
젖은 매미 소리 따라
버스럭 바스락 세월 더듬는다
잠시 머무는 풀숲에
귀뚤귀뚤 귀뚜르르
물레방아 돌리고 있다

나팔꽃

연둣빛 진한 여름으로 접어들면
목조 교실 창가에는 온통 나팔꽃
운동장을 내달리는 아이들 눈빛도
나팔꽃처럼 웃었다
새끼줄 타고 추녀 끝까지 오르던
나팔꽃들
햇볕을 열었다 닫았다 하는
무지개 건너 어느새 회갑연이란다
총 동문회 자리 운동장 한편에
차곡차곡 고임질 하여 차린 상차림 앞에서
선후배 모여 축하 인사한다
아름다운 날
오십여 년 지난 오늘 여전히 나팔꽃들은
교실 창가에 곱게 곱게 피고 있었다

약이 없다

온몸 조각조각 찢어지는 통증
속속들이 파고든다
때로는 한 움큼의 알약이 잠재우기도 하지만
순간순간 점점이 박힌 각혈로
찾아오는 지독한 외로움
한참을 나뒹굴어도
뼈 마디마디 무너지는 마음
깊은 수렁 속으로 빠져드는
꼭꼭 걸어 잠근 우울
비상구가 보이지 않는
마음 아픈 외로움엔
정말 약이 없다

무명지 無名指

나비가 바다를 건너듯
바람이 산마루 넘어가듯
그렇게 세월 가라 했는데
구름처럼 무시로 빗줄기 쏟아 내는
가슴 아린 무명지
아파도 아파도 잊은 듯이 살아질 거라
연둣빛 오월 어느 날엔
무명지에 깊숙이 박힌 가시 하나
잊으려 애쓰는 만큼 더 깊이 파고들어
시시때때로 마음 울게 하는
어머니 손마디
무심히 잠들었다가
당산나무 위를 오르내리는 하늘이다가
오밤중이면 찾아들어
파랗게 높은 별로 쏟아져 내린다

강물은 얼기 시작하고

추수 끝난 논바닥
기러기 한 무리
남은 이삭 줍느라 해가 지는데
강물은 이미 살얼음 지고 있다
긴 여정 앞에서 애쓰던 춤사위 뒤로 하고
무리를 떠나 홀로 강 둔덕에 누워
뒤척이는 날갯짓
반쯤 꺾인 등줄기 세우며
두 발에 온 힘을 실어 보아도
삐거덕 거린지 오랜 그는
흘러드는 한 줌 햇빛도 외면할 수밖에
얼음 얼기 시작한 강물에
스멀스멀 내리는 땅거미 속으로
두어 번 기척을 내뱉을 뿐
줄지어 날던 춤사위
기억을 떠나고 있다

안개비보다는 조금 굵고 이슬비보다는 가는 비

는
개

한번쯤 딱 한번만 만개한 모란만큼
화려한 우화羽化를 꿈꾼다

−「억새꽃」 부분

5

만년설, 분해된 백지

옛날 옛적

감나무 노란 꽃 필 때면
청보리 물알 들어 아이들이 좋아라, 웃었다
가난을 배 안에 담고
혀끝에 보리알을 굴릴 수만 있어도
삐져나온 발가락을 발싸개로 덮고
갈 곳이 있어도
웃음이 절로 나온다고 했다
쑥밥 시래기밥 나물밥이 최상의 끼니였던 때
허기진 배 끌어안고 이리 뛰고 저리 뛰어다닌 오늘
기름진 먹거리 배불리 채우고
옛날 옛적 먹어 보았다는 보리밥 찾고 나물밥 찾고
자가용 타고 다니는 물결
발싸개 감고 다니던 옛길 걸어 나선다
망각의 틈새를 지나다 보면
다시 돌아오곤 하는 옛날 옛적
그때 먹던 것이 진수성찬이고
그때 걷던 길이 올레길인 것을

황태덕장

간밤 스치고 간 인연 붙잡으려고
바다는 울고
쌓이고 쌓인 울분 삭이려 바람은
밤새도록 소리소리 치는데
줄줄이 엮이어 매달린 명태

살아온 아름다운 날도
이미 바다로 훌훌 떠나가고
가슴 저리게 그리운 사람 잊어라 하듯이
뼈 마디마디 얼었다 녹았다 열두 번을 더 넘기고서야
살 속 깊이 헤집고 들어오는 황태

하얗게 분해된 백지를 찢고
목울대를 넘어오는 한을 꾹꾹 참으며
온몸 고스란히 내어 줄
만년설 녹아내리는 풍장을
말없이 감내하고 있다.

산

먼 산자락에
구름 한 점 걸리니
병풍 속 그림일까

구구구 날며 둥지 찾아 드는 산새 소리
산울림 되어 외롭지 않고
발부리에 채인 돌멩이 하나
굴러 굴러서 조각이 난다 해도 슬프지 않고
청솔가지 눈꽃 피는 하늬바람 소리도
춥지만은 않은 산

해 넘어가고
달 넘어가는 산 능선이
그대로 그림자 되어
내 마음에 머문다

가을앓이

바람도 낙엽 지고 있다
땅바닥을 걸어가는 바람 소리
스산한 걸음걸이 속
그대의 가슴앓이가 시작되는지
꼭 잡아주는 손 뿌리치며
헐렁한 주머니 속 더 아리게 하고
가슴 속 흐르는 강물 건너려
작심한 지 오래다는 걸 진즉 알고는 있었지만
말릴 수 없는 마음 내보이지 못했다
웃고 싶을 때 웃고
울고 싶을 때 울 수 있는 옹어리
후벼 파는 상처에 피가 흐르고 딱지가 앉아도
다시 딱지를 떼어내는 아픔을
도저히 감내할 수 없다고
나뭇잎 하나둘 바람 손잡고 걷기 시작하면
눈 시리게 파란 하늘 풍덩 하고픈
가을 앓이가
물안개 피듯 저-어만치서
먼저 오고 있다고

광대들

쿵쿵 짝 쿵 짝
흥에 겨워
물구나무서서
세상을 바라봅니다

세상 사람들
모두 거꾸로 서 있습니다

칼바람 쓸고 간 신작로 위에서
각설이 타령이 울립니다

어제는 피에로
오늘은 품바

콩짜개처럼 나누어져 누운 하늘에
바람이 되고
구름이 되고
햇볕이 되는 무지개

무엇일까
그렇게 서러웠던 울음이
사흘 낮 밤을 울어대도
아직도 남아있는
쿵쿵 짝 쿵 작

나의 꽃아

차라리
미련마저 보내었더라면
내 품 안엔
하얀 꽃잎이 안겨졌을 것을

축축한 토양을 살며시 등지곤
연인을 기다리기에
너무나 지치도록

오랜 옛날로부터
내게 전하여 온 하얀 꽃잎은
아리따운 소녀의 넋이었기에
〈잎마다 빨간 물을 뚝뚝 지우며······〉

지금은 두 시 삼 분 전
푸른 별만이 하나둘
파란 밤을 노래하는데
나는 그만 잠을 잃고
잎마다 연연한 계단 속에서

오르내리는 나이기에

순진에 지친 기다림

나의 꽃아
어서 좀 피렴아

장돌뱅이

아침 까치 울면
등짐 지고 나서는 장돌뱅이
온종일 완행열차처럼
무거운 꼬리 달고 선로 위를 달린다

장마다 따라 돌며 해가 지던 그는
눈꺼풀이 내려 덮일 때
으레 한 잔의 술 따르고
채우고 비우는 술잔
가슴으로 골이 지어 흐른다

사시사철 추운 바람 안고
버티고 서 있던 장돌뱅이
오늘도 등짐 진 어깨
누덕누덕 기운 윗저고리 무게만큼
천근이다

칼 가는 일

명절 때나 김장 때가 다가오면
꼭 한번은 골목을 지나는 소리
칼 갈아요
할아버지는 너털웃음을 웃으며
낡은 자전거 뒤에 실린
움푹 패인 숫돌이며 물병을 땅 위에 내려놓자
금방 날을 세운다

무섭게 갈린 시퍼런 칼날은
쓱 지나가는 순간 인정사정없이 잘려나가
끈질기게 매달린 인연들을 두 동강 낸다
한 몸이던 눈빛이 칼을 갈며 다가선다
서로가 무딘 칼날을 세우려
무섭게 칼을 간다
그렇게 칼을 갈아 토막 내는 일에 숙달되어 가는
우리는 아무렇지도 않은 듯 늘상
칼 갈아요 외친다

지금부터

아무도 모르게 사랑해야지
누구도 눈치채지 못하게
짝사랑해야지
아니 그대도 나를 사랑한다면
둘이 마주치는 길목에서
마음 설레며 눈으로만 살짝 주고받는
아무도 모르는
그런 사랑 해야지
오랜 후에 희미한 기억들이 모두 지워져도
마음 한구석 쌓아 둔 사랑을
조금씩 조금씩 꺼내어 추억하는
그런 사랑 해야지
지금부터

개미

명달리 잣나무 숲에서 개미를 만났다
개미 중에 큰 개미가
내 발밑에서 가다 말고 서서
당신 누구시오 물었다
한참을 망설였다
언제부터 사람이라 불렸는지
개미에게 물었다
당신 누구시오
개미도 아무 대답 없이 머뭇거리더니 내 발길 피해
옆길로 부지런히 지나간다
이 틈에 냉큼
잣송이 하나 움켜 들고 줄행랑치는 청설모
한숨 같은 숨을 길게 내쉬며 하늘 한번 올려다보았다
잣나무향이 하늘까지 차 있다.

억새꽃

산 능선 넘는 길
하얗게 핀 억새꽃
옷깃 여미던 삭정이만 남아
뿌리 끝부터 멍울져 올라오는
해묵은 불덩이를 어찌 주체할 길 없어
가슴 한복판 미어지게 아픈데
한번쯤 딱 한번만 만개한 모란만큼
화려한 우화羽化를 꿈꾼다
이대로는 아니라고 설레설레 도리질하며
샛길로 들어선 억새꽃
산 넘는 석양 붉은 노을에
바람 따라 무지갯빛
날개 달기 시작한다

배꼽

봄 햇살 뜰 앞에 찾아오면
뒷동산 과수원에
흐드러지게 하얀 배꽃 흩날리고
화사한 꽃잎자리
빠끔히 배꼽을 내보이고 있다

정말 그 배꼽을 끔찍이도 사랑했다
진한 사랑은
저마다 꼭 닮은 배꼽 하나씩 달고
볼록한 알맹이가 또 하나의 알맹이를 품고
전설처럼 전생의 연을 동여맨 채
배꼽의 끈을 모아 잡고 있다

지하철 풍경

지하철 경로석
자그마한 체구의 할머니
목에 두른 분홍빛 실크머플러
두 손으로 감촉을 음미하며 연신 미소가 입술을 들
썩인다
딸이 건네준 따뜻한 온기가 머플러 속을 파고들어
너스레를 흘리며 한껏 자랑이다
옆자리 밍크 털목도리 두툼하게 두른
무덤덤한 할머니
별것도 아니라는 표정
비웃듯이 흘끔거리는 눈빛
불만이 가득한 말투
이만오천 원의 행복
이십오만 원의 불만
두 할머니 목에 두른 무게
행복의 저울

마음에 이는 바람

바람이 슬며시 찾아와
눈꺼풀을 흔들어 놓고 미친 듯이
가슴 속을 파고든다
흔들어 대는 바람은
향기도 무지막지해서 토악질을 해대고
무섭게 돌변하는 바람
몇십 년 넘게 버텨 온 대추나무를
뿌리째 뽑아 던지고
마음 아픔만 낟가리만큼 쌓아 놓고
아무런 일 없다는 듯
뒤도 돌아보지 않고 달아나 버리는
허망하고 야속한
마음에 이는 바람

시청 앞 시위대를 보며

바람 불고 물결이 이는
여기 하늘 아래
너와 내가 내뱉어야 하는
쓴웃음의 알맹이가 있다

구겨진 종이 위에
값비싸게 적힌 구호와
폐허처럼 굳어 버린 가슴 두드리며
걸어가야 하는 불안

세상은 용광로 같은 도가니라면서
핏기 없는 얼굴은
의미를 상실해 버린 공간에
전설을 남기고

일그러진 자세로 마련한
시청 앞 광장의 함성은
분노로 가득 찬 메아리가 되어
하늘 위를 오른다

어머님의 임종

세상 인연 다 되어 가는 줄 아셨는가
한 보자기에는 치자 빛 고운 숙고사 치마저고리
속치마 속저고리 속옷 일체와 버선을
곱게 접어 싸 놓으시고
또 한 보자기는 연분홍 국사 치마저고리 속옷 일체
와 고무신을
또 하나는 옥색 치마저고리와 일체를
다른 하나는 하얀 모시 적삼 하나
남은 보자기에는 내 친정어머님이 십장생 수를 놓아
윤달에 건네주신 염낭 주머니를
반닫이 깊숙이 다섯 보자기를 넣어 두셨다

왜 그리 하시나 몇 마디 건네도
나중에 나중에 웃음으로 대답하시더니

아침 잠자리 다 개어 얹으시고
속옷 깨끗이 빨아 꼭 비틀어 짜 밀어 놓고
수세도 다 마치시고
손바닥만 한 깔개 요 위에 누워

머리맡에 천수경 독경 소리 들으시며
잠시 잠깐 잠을 청하셨나
어머님
어머님은 대답이 없다

황망히 반닫이를 열어젖히니
슬픔이 와르르 쏟아지는데
보자기마다 뜻을 담고 마음 담아
자식들 애쓸까 염려하여
모두 준비해 놓으셨으니

하얀 모시 적삼은
혼백이 떠날 때 문밖에 나가 초혼 부를 때 쓰고
치자 빛 한 벌은 저승 가는 길 문밖을 나서며
곱게 차려입고 가려 하니
세수도 하고 머리 곱게 빗겨
분 바른 매무새에 미리 입혀 주고
분홍빛 국사 한 벌은 예쁘게 단장하고
영감 만나 회포 풀 터이니

염습 때 수의로 입혀 주고

옥색 빛 한 벌은 그래도 이승을 못 잊어 삼 년 백중에

잠시 다녀갈 터이니 태워 입혀 주고

어느샌가 들며 날며 그득 채워진 염낭 주머니 동전은

저승길 멀다 하니 쉬며 가며 여비로 쓰게

염 할 때 관에 같이 넣어 주고

치마끈에 묶어 놓은 지전일랑은

부처님 전에 고하는 첫 제사를 마련해 주렴

한 올도 남김없이

이승의 인연을 끊고 그리 훌쩍 떠나시니

아미타여래의 부르심을 먼저 들으셨는지

어머님

어머님은 대답이 없다

구름 위를 걷는 아이야*

파도 높고 물결 세찬 남쪽 바다
구름 위를 가고 있는 아이야
모란이 활짝 핀 아침 웃으며 나선 제주 수학여행길
아빠 엄마 허락도 없이 왜 구름 위를 가고 있니
아이야, 오래는 말고 잠깐만 아주 조금만 구경하고 오려
무나
18년을 하루같이 함께 숨 쉬며 뒹굴고 함께 꿈꾸던 날들
세상 사람들에게 큰 희망을 주는 교사가 되겠다던 꿈
병든 사람 씻은 듯 치료해 주겠다던 꿈
우주비행사가 되어 달나라 가겠다던 꿈
별별 꿈 다 꾸던 아이야
지금 구름 위를 걷는 건 그 꿈을 꾸고 있는 중일 게야
많은 꿈 다 이루려면 허사가 되지 않게 다 품고 있다가
여행 보내고 노심초사하던 아빠 엄마 품에
환한 웃음 던지며 여행 잘 다녀왔다고 포옥 안길 게야
혹여 구름 위를 걷다가 땅에서 뻗어 오른 나무줄기라도
만나면
아빠엄마 두 손인 줄 알고 내려와 못다 한 인연 맺어보자
아이야, 아이야

하늘 위 큰 별로 빛나다가

아빠 엄마 가슴에 큰 별로 찾아와 폭 안기리라 믿는다

울어도 울어도 마르지 않는 엄마 눈물

망망 바다를 몇 날 며칠 바라만 보고 서 있는 아빠

먹먹한 가슴, 아이 부르는 통곡

아이야, 바람 차고 물결 세찬데 조금만 놀다 오렴

───────────
• 2014년 4월 16일 진도 앞바다 세월호 침몰 단원고 학생과 교사 참사 애도 글

청포도

이 순간순간
감미로운 송이는
알알이 쏟아져
소녀의 가슴에 씨를 뿌리고
입속에 감도는
달콤한 향내

그대는
청포도
청포도 넋이어라

작품 해설

순수의 손끝으로 버무린
때 묻지 않은 영혼의 향기

김영희(시인)

순수의 손끝으로 버무린
때 묻지 않은 영혼의 향기

지연희(시인)

●

　　시인은 자신의 피부 깊숙이 침입자처럼 스며드는 얇거나 두꺼운 충격으로 일으킨 감정의 의미를 문자로 그려내는 사람이다. 마치 상형문자를 그려내는 장인처럼 때로는 난해하게 한 의미를 새기어 은유시키는 도공이라 해도 가능할지 모른다. 시는 언어의 그림으로 그려진 보편성을 뛰어넘는 특별한 세계를 지향하는 질서를 지니고 있는 까닭이다. 마법의 지팡이처럼 삶과 세계와 연결된 모든 관계에 대한 폭넓은 감성으로 빚어낸 리드미컬한 상상의 세계이다. 무엇보다 온전한 시인 자신의 절대적 감정의 구체적 표현이어서 시인과 시는 별개일 수 없다. 무엇을 바라보고, 그 무엇을 문학적 기능에 맡겨 말하려 할 때 문학은 성립되는 일이지만 시문학의 절대성은 감성으로 그려내는 구체적 정서이다. 어떤 문자로도 표현되어지지 않는 감정에 대한 상상의 세계에서 만날 수 있는 창조적 기능을 지니게 된다. 적절한 언술이나 상징으로도 그려낼 수 없는 엄청난 현실에 대한 최상의 창조적 발상으로부터 시작되어지는 별개의 세계인 것이다.

　　2007년 계간 「문파」 신인상 시 부문에 당선되어 문단 활동을 시작한 양숙영 시인의 첫 시집 출간을 기쁨으로 맞이하고 있다. 등단 이후 근

10년에 이르는 동안 묵묵히 쓰는 일에만 몰두하더니 이제야 채근하던 독자들의 기다림에 답을 주신 것이다. 시집 『는개』라는 명패를 달고 잠든 의식을 곱다하게 깨우는 지상에 내리는 신비로운 존재의 출현이다. 서정성 짙은 언술로 엮어내는 양 시인의 시는 따뜻한 목화솜처럼 사람 중심의 숭고한 인간애를 보여주는 시편들이 많다. 아프고 슬픈 사람들을 향한 인본주의적 바탕의 시들을 쓰며 스스로 눈물을 보이는 '울보 시인'이기도 하다. 오랜 교직 생활 중에 사제의 정을 쌓아온 흔적으로 당신의 나이를 따라오는 제자들을 만나는 날이면 한없이 행복하던 모습을 보았다. 덩달아 마음이 훈훈해지곤 했다. 아직도 소녀의 미소가 흐르는 양 시인의 시 세계는 순수의 손끝으로 버무린 때 묻지 않은 영혼의 향기가 난다.

숨소리조차 잦아들 듯

삼백예순날 면벽의 그림자

먹물 튀어 번진 마음 하얗게 지우고파

세월 묶어 허리춤에 걸고

돌아 돌아 동안거 해제하는 날

명경처럼 씻은 마음 득도하신 고승으로

티 없이 빚어진 인연

그 모습 따라 길 묻는다

　　　　　　　　　- 시 「달 항아리」 전문

가을빛 몰아치는 발소리 / 낙엽의 굽은 등 떠밀고 있다 / 한눈팔 겨를
도 없이 / 낯선 길 한쪽으로 내몰린 스산함 / 바람은 익숙하게 내달린
다 / 떠나야 할 때를 알고는 있지만 / 간절히 바라던 동행도 / 첫차를
타야 하는 약속도 / 온몸 휘감아 버린 희뿌연 시야 / 혼자 머물던 가을
볕 하루가 / 허망한 찰나 / 하자는 대로 할 수밖에

　　　　　　　　　　　　　　　　　　　- 시 「이 가을에 낙엽은」 전문

　시인의 심오한 시선 속에서 한 점의 사물로 존재하던 '달 항아리'는
득도한 고승의 자태로 침묵하고 있다. 삼백예순날 면벽의 그림자로 지
난한 세월을 묶어 명경처럼 씻은 티 없는 노승이 빚어낸 인연의 고리
가 달 항아리이다. 견고한 깨우침으로 일갈하는 시 「달 항아리」는 맑고
순연한 참선의 길을 열어준다. 오랜 기도의 응답처럼 한 점의 눈부신
도예(달 항아리)가 완성되는 '동안거 해제하는 날'에 이르러 마침내 깨
달음에 닿게 된다. 이것은 불가에서 이르는 참선의 경지이고, 한 점 순
백의 예술작품이 티 없이 탄생하는 경이로운 시점이다. 때문에 이 시의
화자는 '티 없이 빚어진 인연//그 모습 따라 길 묻는다'는 고행으로 이
룩한, 세상 굴레의 얽매임 없는 해탈의 자유를 길잡이로 보여준다. 이
는 시인의 심오한 정신세계가 이룩한 선의 경지이며 침묵의 울림이다.
　시 「이 가을에 낙엽은」 가지에서 이탈한 한 줄 생명이 대지에 내려
자신의 몸을 바람에 맡기는 존재의 지움을 이야기한다. '간절히 바라던
동행도/첫차를 타야 하는 약속'도 온몸으로 내려놓고 허망으로 빚은
가을볕 하루마저 순명으로 마감하는 처연함이다. '하자는 대로 할 수밖
에' 어쩜 이와 같은 자연한 존재의 탄생과 소멸의 끝은 거부할 수 없는
생명존재의 질서임을 이 시는 극명하게 밝히고 있다. 살아온 길, 살아

가야 할 길의 가치를 순명으로 맞이하는 일이다. '가을빛 몰아치는 발소리/낙엽의 굽은 등 떠밀고 있다/한눈팔 겨를도 없이/낯선 길 한쪽으로 내몰린 스산함/바람은 익숙하게 내달린다'는 것이다. 떠나야 할 때를 알고 있지만 그 어떤 동행이나 약속도 한눈팔 겨를 없이 오직 길 한쪽으로 내몰려 한 줌 흙의 소멸을 예비할 뿐이다. 그냥 '하자는 대로 할 수밖에' 체념의 몸짓이 사뭇 진지하다.

> 오래도록 빛바랜 세월 / 힘들게 다 보내고 / 이제 마주 보고 누워 / 이불 한 자락 끌어다 발치 발치 누르며 / 체온을 느낀다
>
> 임자 이제 먼저 떠나시오 / 내 뒷배 봐 주고 따라갈꼬마
>
> 검은 머리 참빗질하여 / 쪽 지어 비녀 꽂던 모습 / 두둥실 / 허공에 떠오른다
>
> 밤이 시리고 바람이 춥다 / 장대 끝에 걸쳐진 빨랫줄에 빨래 걷히고 / 횡하니 흰 깃발 같은 넋이 / 하늘에 뜬다
>
>   – 시 「그림자」 전문
>
> 산벚나무 꽃비 한창인데 / 깜빡 오수午睡가 찾아들다 / 등짐 진 땀방울에 / 젊은 그대가 업혀 있다 / 힘든 줄 모르고 / 끝도 보이지 않는 머언 길을 / 비익조比翼鳥만큼 / 아름다운 나래 서로 보듬고 / 하늘 그림자 / 호수 위 꽃 그림 그리며 / 가고 있다
>
>   – 시 「오수午睡」 전문

　　꽃 같은 젊음의 시절 남편과 아내로 만나 함께한 부부의 연은 하늘이 점지하는 억겁의 끈이라 한다. 낯선 두 사람이 만나 가정을 이루고 반평생 고락을 함께한 이들에게 금혼金婚이라는 의미를 부여하게 된다. 이처럼 부부의 금술이 두터울 때를 일러 그만큼의 크고 작은 굴곡으로 지켜온 시간을 황금빛 무게의 가치로 치하하는 일이다. 시「그림자」는 본체와 가체가 분리되어 떼어 놓을 수 없는 합일된 일체의 의미를 말한다. 둘이면서 하나이며, 하나이면서 둘인 너와 나는 하나라는 관계 성립의 확증인 셈이다. 그럼에도 인간이면 그 종래에 닿게 되는 먼 곳으로 분리되는 아픔을 감내하지 않을 수 없다. "임자 이제 먼저 떠나시오 내가 뒷배 봐 줄꼬마" 밤이 시리고 바람이 추운 날, 장대 끝에 걸쳐진 빨랫줄에 횡하니 흰 깃발 같은 넋이 하늘에 뜬다. 그 풍경 곁으로 그림자 하나 지워지는 노부부가 짓는 이별의 변주곡을 이 시는 들려주고 있다.

　　시「그림자」로부터 순정한 사랑의 맥을 이어가는 시「오수午睡」는 양숙영 시인의 '그대 사랑의 공식'으로 튼실한 무게를 짚게 된다. 등짐 진 땀방울에 젊은 그대가 업혀 힘든 줄 모르고 끝 보이지 않는 먼 길을 걸어가고 있는 모습이 아름답다. 눈과 날개가 하나이어서 암수가 서로 짝을 지어야 날 수 있는 '비익조'가 되어 젊은 그대와 아름다운 나래를 보듬고 있는 이 그림은 눈부신 사랑의 유희를 보는 듯하다. 호수 위 꽃 그림을 그리고 있는 비익조 한 쌍의 에로틱한 풍경이 연상되지만 실은 한낮의 춘몽이다. 산벚나무 꽃잎이 천지에 한창인데 깜빡 오수午睡에 젖어 꿈속을 날고 있는 것이 이 시의 맥이다. 그러나 내 등에 그대가 업혀 끝 보이지 않는 길을 비익조인 양 날고 있는 이 그림은 사랑의 정점을 언어의 그림으로 보여주는 양숙영 시의 예술혼의 발현이며 순도 높은 가치라고 말할 수 있다.

밤꽃 피는 오월 / 외진 길 오두막집 뜰 안에 / 오밤중이면 반짝이는 별들이 / 우르르 쏟아져 온통 별밭

별 하나 손잡고 잠들자 하면 / 내게로 오는 그리움 하나 / 마음속 회오리치는 사념 / 함초롬히 젖어드는 는개

연잎에 영롱한 이슬 구르자 / 슬그머니 사라져 버리는 / 는개 속 아련한 별빛

머뭇거리다 보내고 마는 / 허공,
　　　　　　　　　　　　　　　　　　- 시 「는개」 전문

잠시 멈춰 서서 손 흔들고 / 금방 또 만나리라 약속이나 하듯 / 미소로 뒤돌아서 간다 / 순간 손 흔들지 말걸 / 웃지나 말지

그대도 손잡고 같이 가자 할 것을 / 후회하고 또 후회하고 / 곁에 없다는 빈자리가 / 하루가 한 달 같아서 / 보일 듯 말 듯 눈앞의 모습

허상으로 돌아와 / 품에 포옥 안기는 그런 날 / 자꾸만 눈물 훔친다
　　　　　　　　　　　　　　　　　　- 시 「마음 하나」 전문

고요한 산속 풍경인 듯 오두막집 뜰에 쏟아지는 별들이 아름다운 공간을 확보하고 있는 시 「는개」는 그리움으로 왔다 슬그머니 사라져버

리는 존재의 부재를 말한다. 안개보다 굵고 이슬비보다 가는 비의 불확실성이다. 때 묻지 않은 순수의 감성이 살아있는 양 시인의 시에는 이처럼 별빛 영롱하게 반짝이는 사유의 공간과 시간이 존재한다. '는개처럼 알게 모르게 내게로 오는 그리움'이 조용히 스며들다가 '마음속 회오리치는 사념이 함초롬히 젖어 드는' 그리움 하나이다. 종래에는 머뭇거리다 보내버리고 마는 허공의 공허로 남을 수밖에 없는 비다. 연잎에 영롱한 이슬이 구르다 슬그머니 사라지고 마는 허무이다.

시 「마음 하나」는 어떤 행동 하나로 야기되는 후회의 마음을 세밀하게 적고 있다. 더구나 '그대'라고 하는 절대적 대상을 향한 몸짓이다. 멈춰 서서 손 흔들고 금방 또 만나리라는 약속처럼 미소 지으며 돌아서 가는 그를 보내고 난 후의 이별의 아쉬움이 속속들이 비춰진다. 순간 손 흔들지도 말고 웃지도 않았다면 하는 후회를 남길 만큼의 안타까움으로 가득하다. 이는 헤어져 보낸 이에 대한 간절한 그리움이며 아쉬움이다. 함께 했던 소중한 사람을 떠나보낸 후회이다. '그대도 손잡고 같이 가자 할 것을'이라는 가슴 속 울림의 마음 하나가 눈물을 남긴다. '곁에 없다는/빈자리가/하루가 한 달 같아서/보일 듯 말 듯/모습 가득한데/허상으로 돌아와/품에 꼬옥 안기는 그런 날/자꾸만 눈물 훔친다'는 마음속 그리움이 절절하게 표출되고 있다.

쓰르람 쏠쏠 쓰르르 / 남들 다 울고 간 해 질 녘 / 창 앞에 혼자 울고 있는 매미 / 피 쏟는 울음 울며 가슴 싸한 외로움 / 다 어찌하려고

산자락 억새꽃도 풀풀 날리고 / 돌 틈새 귀뚜라미 넋 놓고 가을 불러대는데 / 어쩌면 좋으냐 / 때늦은 이제, 울고 울어도 / 아무도 대답 없는데

가슴속 마른 삭정이 / 부서지는 소리 들린다

- 시「어찌하려고」 전문

밤 늦은 시각 / 헐레벌떡 올라탄 마지막 지하철 / 눈을 뜨고 있는 것이
이상하게 보일 만큼 / 모두들 눈을 감고 있다

몇 번 두리번거리다가 / 눈을 감는다 / 앞에 앉아 있는 사람 / 옆에 앉
아 있는 사람 / 모두들

묵언 참선 / 선방에 들어 있다

- 시「지하철에서」 전문

　시「어찌하려고」는 늦여름 매미 울음의 안타까움을 때늦은 허망의
노래로, 가고 오지 않는 사람 기다리는 측은지심으로 듣게 한다. 시간
의 간극으로 노래하는 매미와 듣고 있는 사람의 안쓰러움이 교차되는
이 공간 속에는 가을의 주인 돌 틈새 귀뚜라미의 넋 놓은 가을 노래가
한창이다. 남들 다 울고 간 해 질 녘 짝을 찾을 황금시간은 이미 다 지
고 말았다는 것이다 '어쩌면 좋으냐/때늦은 이제, 울고 울어도/아무도
대답 없는데' 피 쏟는 울음 울며 짝을 찾고 있지만 가슴 쏴한 외로움 다
어찌하려고, 해 질 녘 창 앞에 혼자 울고 있다는 안타까움 깊다. '다 어
찌하려고' '어쩌면 좋으냐' 라는 염려가 종래에는 가슴속 마른 삭정이
부서지는 소리만 남기고 있다. 생명의 존재가 궁극적으로 짊어져야 할
책무는 각기 짝을 찾고 합치하여 종족을 번식하는 일이다. 그 자연한
일이지만 때를 놓쳐 울부짖는 매미 한 마리의 외로움을 이 시는 명증

하게 묘사해 보여주고 있다.

간명한 언어로 스케치한 단시이다. 복잡한 복선이 거미줄처럼 엮여 있지 않아 명쾌하며 반면 메시지가 깊다. 시 「지하철에서」는 많은 시인들의 소재로 쓰여 지지만 어쩌면 그만큼 부담이 가는 글감이다. 그럼에도 양숙영 시인의 특별한 시각으로 건져 올린 주제의식은 참신하고 깊은 사유가 돋보인다. '밤 늦은 시각/헐레벌떡 올라탄 마지막 지하철/눈을 뜨고 있는 것이 이상하게 보일 만큼/모두들 눈을 감고 있다'는 마지막 지하철 이용객의 표상表象을 보여준다. 밤늦도록 고단한 하루의 일상이 묻어나는 '눈을 뜨고 있는 것이 이상하게 보일 만큼'의 지친 노동의 흔적을 외면화시켜내고 있다. 몇 번 두리번거리다가 화자 역시 눈을 감아버리고 마는 동병상련의 수행에 이른다. '앞에 앉아 있는 사람/옆에 앉아 있는 사람/모두들//묵언 참선/선방에 들어 있다'는 이 그림은 가난한 사람들의 최선을 다한 노동의 댓가(기도)로 돌아올 희망찬 미래를 내다보게 한다. 노부모와 자식의 생계를 위해 지하 단칸방에 사는 어느 가장의 지친 모습이 연상되고, 일찍 남편을 잃은 어느 젊은 아내의 가장의 무게를 손끝으로 느끼게 된다.

> 외줄에 달려 눈이 부시고 / 탯줄이 끊어져 눈물 쏟아진다 / 잘려 나간 탯줄에 밀려 외줄에 두발 세우고 / 덩더꿍 덩더꿍 장단에 / 두 팔 벌려 비지땀 흘린다 / 보고 배운 것이 천륜으로 이어져 / 출렁출렁 널뛰기하며 / 내달린 먼 산 바래기 / 천륜이 멀어져 갈 즈음 / 늘 가슴 아파 얼굴 떨구던 외줄 타기 / 땅 밑에서 당겨진 줄이거니 / 한평생 이어질 / 외줄 타기
>
> — 시 「외줄 타기」 전문

어린 손자와 등 굽은 할머니는 / 허리춤에 노란 비닐 끈을 묶고 / 서로 당겼다 늦추었다 버티며 / 걸어가고 있다

할머니는 손자가 앞서가는 길을 따라가며 / 말 한마디씩 건네고 / 손자는 뒤따라오는 할머니를 / 한 발짝마다 뒤돌아보며 웃는다

지구를 몇 바퀴째 도는 / 아름다운 끈

― 시 「끈」 전문

'외줄에 달려 눈이 부시고'로 시 「외줄 타기」는 존재적 생명의 신비가 모체에서 탯줄이 끊어지는 탄생의 순간으로 시작된다. 외줄로 두 발 딛는(경험하지 않은 아슬아슬한 삶이기에) 단독자의 삶을 총체적 줄타기로 보여주는(한 생명이 평생 엮어가는) 사람의 길이다. 때문인지 생명 탄생의 순간 세상 속사람들은 기쁨으로 신생아를 맞이하지만 새 생명은 두 주먹을 쥐고 울음을 운다. 두려움일까? 그 신생아의 대답을 아는 이는 없다. 하지만 시 「외줄 타기」는 덩더꿍 장단에 두 팔 벌려 비지땀 흘리는 성장의 고단함을 회화적 시선으로 보여준다. 또한 부모(천륜)의 교육을 습득한 성인이 되어 '출렁출렁 널뛰기하며/내달린 먼 산 바라기(시간의 흐름으로 천륜이 멀어져 갈 즈음 = 먼 곳 이별의 이름이거나 독립적 삶)'으로 규결되는 예정된 시간을 거치지 않을 수 없는 절대적 이별을 그려내고 있다. 다만 '늘 가슴 아파 얼굴 떨구던 외줄 타기'는 땅 밑에서 당겨진 줄(대를 이어 살아가는 힘)이어서 인간 본연의 벗어낼 수 없는 숙명적 범주임을 제시하고 있다. 다시 말하여 시 「외줄 타기」는 줄 하나에 매달려 사는 위태롭고 두려운 '인생'을 우주적 통찰로

짚어낸 시이다.

　시 「끈」은 위의 시에서 통찰한 '땅 밑에서 당겨진 줄의 힘'이며 할머니와 손자가 끈(혈족이라는 인연의 고리)를 잡고 걸어가는 모습을 사실적으로 재현하고 있다. 어린 손자와 등 굽은 할머니는 허리춤에 노란 비닐 끈을 묶고 서로 당겼다 늦추었다 걸어가고 있다. '할머니는 손자가 앞서가는 길을 따라가며/말 한마디씩 건네고/손자는 뒤따라오는 할머니를/한 발짝마다 뒤돌아보며 웃는다'는 이 완만한 조화는 거꾸로 말하면 앞선 이의(생명의 바탕을 이루었던) 힘으로 이어 달릴 수 있는 손자는 내일의 희망이며 '지구를 몇 바퀴째 도는/아름다운 끈'의 고리를 잇고 있는 것이다. 양숙영 시의 특징인 사람 중심의 숭고한 인간애를 잘 나타내어준 좋은 시이다.

　고행의 길 끝에 얻은 단아한 달 항아리처럼 양숙영 시집의 메시지는 묵언 수행의 깨달음이다. 삶의 총체적 의미를 숙명으로 긍정하여 받아들이는 여러 편의 시에서 시인의 순수한 시 정신을 만날 수 있었으며 이는 앞으로 이어질 양숙영 시의 자양분이 될 것이라 믿는다. '시란 개성적 시인에 의하여 가능한 한 충실하게 기록된 개성적이고 상상적인 경험이다. -Donald A.Stauffer'라고 했다. 오직 양숙영 시인의 육성으로 구조된 시인의 분신과도 같은 시집 『는개』 읽기를 마무리한다. 2018년 새해 아침을 맞아 출간되는 시인의 첫 시집이 시인의 시문학 내일을 밝히는 디딤돌이 되기를 기원한다.

양숙영 시집

안개비보다는 조금 굵고 이슬비보다는 가는 비

느개